Text und Illustrationen: © Nick Butterworth und Mick Inkpen 1989
Originalausgabe 1989
Marshall Morgan and Scott, London, England
Übersetzung: Günter Balders

© der deutschen Ausgabe 1989
Oncken Verlag Wuppertal und Kassel

Satz: Jedamski Typeteam, Wuppertal

ISBN 3-7893-7693-0

Printed and bound in Italy

Das kleine Tor

Nick Butterworth und Mick Inkpen

89/I/1048

ONCKEN VERLAG WUPPERTAL UND KASSEL

Hier siehst du eine Stadtmauer.
In der Mauer ist ein kleines Tor.
Es hat einen lustigen Namen.
Es heißt „das Nadelöhr", weil es
so klein ist.

Eines Tages kommt ein Kamel an das Tor.

Es ist kein gewöhnliches Kamel. Es hat einen wunderschönen Sattel mit feuerroten Troddeln. Und es hat extra einen Jungen als Diener bei sich, der die Fliegen vertreiben soll.

Das Kamel ist hoch mit Teppichen beladen, die auf dem Markt verkauft werden sollen.

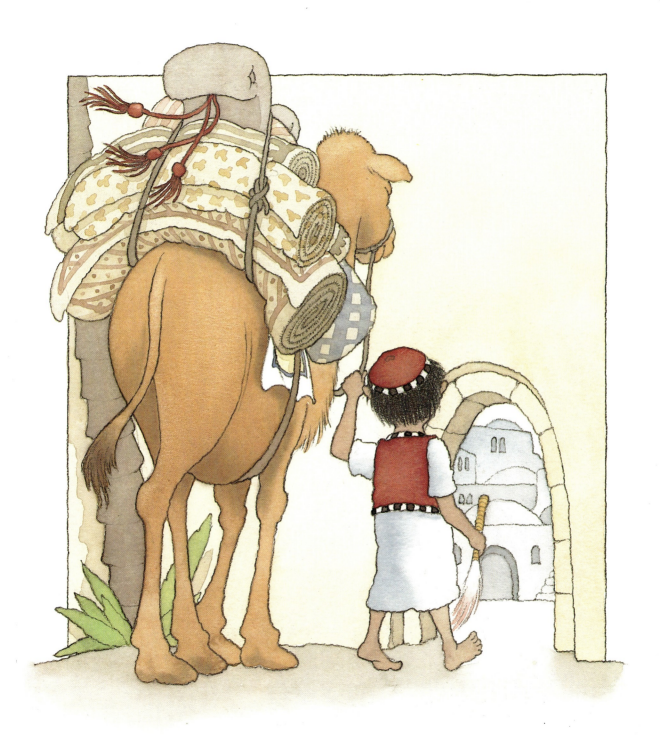

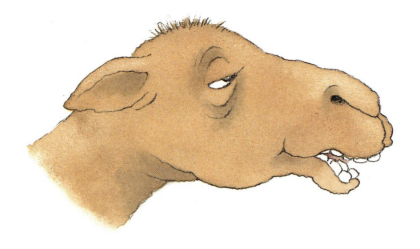

„Platz da! Jetzt gehe ich durch das Tor!"

Aber es klappt nicht.
Das Kamel paßt nicht hindurch.
Es ist zu groß!

„Versuch doch, dich rückwärts durchzuschlängeln", sagt der Junge. Und er zeigt dem Kamel, wie.

„Kamele schlängeln sich nicht",
sagt das Kamel.
Aber egal, es dreht sich um und
zwängt sein Hinterteil in das Tor.

Es drängt sich und zwängt sich.
Ja, es schlängelt sich sogar!

Aber es klappt nicht. Das Kamel
paßt nicht hindurch.

„Ich werde dein Gepäck abladen",
sagt der Junge. Er bindet alle Sachen
los und nimmt alle Teppiche herunter.

„Nun versuch es noch einmal."

Es hat keinen Zweck. Das Kamel kann sich immer noch nicht durch das Tor quetschen.

„Dein Sattel ist im Weg", sagt der Junge, „ich werde ihn dir abnehmen müssen."

Ohne seinen wunderschönen Sattel
sieht das Kamel ganz anders aus.
Nicht mehr stolz und wichtig,
sondern eben wie ein ganz normales
Kamel.

Noch einmal versucht es das Kamel. Runter auf die Knie, vorwärts gerutscht, Zentimeter für Zentimeter, bis es schließlich…

Hurra! Es ist durch!

Jesus sagt: „Es ist sehr schwer
für einen reichen Menschen,
in den Himmel zu kommen.
Viel leichter ist es für ein Kamel,
durch das Nadelöhr zu kommen."